아름다운 선

아름다운 선 ②

강도하

CONTENTS

2-1

날개

왜지?

C급이라 실망한 건가?

정신을 어디다 두는지..

와아~ 님도 첨이세요?
그렇구나.. 그럼 우리 어쩌죠?

...

아직 내 이름도 묻지 않았어.

둘다 첨이니까
순서도 방법도 모르잖아요.
커피 다음엔 뭐죠?
막, 먹고 먹고 그럼 돼요?

영.. 화나 보죠.

내가 싫은가?

싫음 말을 하지..

나빠.

이 남자 나빠.

신이시여..

꽈악~

무신론자인 제가
당신을 찾습니다.
제발 제발..

신이시여..

잔다..

코까지 골며.

눈 떠요. 영화 끝났어~

잘 봤어. 페르..

배고픈데 우리
밥 먹으러 가요. 네!

…

이.. 남자

취했다.

많이 취했다..

푹

남자는 취했고

취한 남자의 등에

취한 날개가 솟는다.

나는..

날개를 봤다.

핫핫핫핫핫

남자 괜찮더만요! 네~네~
엄니 딸이 뭐가 빠진다고 걱정이요?

차 마시고 응. 밥도 먹고 응.

요즘 누가 촌스럽게
집까지 바래다줘요?
튼튼한 내 발로 왔지!

…

거야 모르지~
그 남잔 또 보자는데
내 맘이지..

...

선아.. 너무 늦는다아~

개념없는 시키..

멈칫

에효~

사는 게 그래..

페르수.

2-2

착각

기가 막히는군!

클럽 원나잇도 아니고
선 보러 나가서 하루를 제껴?

마루에서 잔 거야?
나 기다리며?

어제 벌어진 일 나노 단위로 보고해.

왜?

왜?

왜라니? 선 보러 간 놈이 다음 날 들어왔는데 수고했다 밥이라도 차려줘?

배는 고프다.

너 내가 아는 캣츠비 맞니?

선답지 않다.

그냥 뭐~ 커피 먹고
영화 보고 고기 먹고
등등등..

잤니?

잤냐 묻잖아?!

...

중요해요? 그거?

우리.. 잠만 잤죠?
다른 일 없었죠?

..그게 중요하단 거죠?

읍. 읍..

아니죠? 맞아요.

갑자기 자리에서 일어나
제 입에 뽀뽀했어요.
고갈비 먹은 입으로..

설마.

고갈비가 아니라..
차돌백이 아닌가요?

중요해요? 그거?

그런데.. 모텔엔?

혼자 힘으로 걷지도 못하는 사람을
길에 던지고 집에 갈 순 없잖아요.
끙끙 끌고 근처 모텔 찾았죠.

그냥 가서도 됐잖아요?
..왜 방에 남았죠?

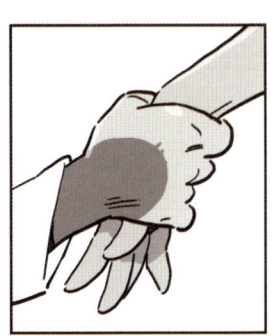

그 인간 왜 그래?

실은, 내게 한 말은 아니었어.
술에 취해 날 다른 사람으로
착각한 거지..

여자 이름 반복해
불렀어. 페르수라고.

잤단 말이군!

자세한 얘긴 피하더라.
비밀이라며..

비밀이라?..
맹랑한 친구군.

비밀치곤 뻔하잖아. 그렇고 그런.
술 취해 한번 뒹굴었을 뿐이야.
흔하잖아. 그런 거.

암. 흔하지..
너라서 이상하지만.

내가 하면
이상할 건 뭐냐?

많이 많이 이상하지~
파트너 한번 바꿔본 적두,
연애 도중 장난 한번 쳐본 적
없는 놈이잖니? 너..

장난?

언니야~ 내가 첨 만난 남자와
바로 얼레리 하는 거. 그걸 믿어?

나야 널 그리 안 보지만
그 남잔 잤다고 믿는다며?

믿길래 장난쳤지. 그냥
밤새 지켜보고만 있었어.
떠나면 힘들어할까봐..

그런 장난, 독하다..

그 순간 그 남자 표정을
봤으면 그런 말 못 해..
누구라도 옆에 있어줘야 했어.

그게 왜 너냐고?

나뿐이 없었으니까.

그게 싫어!

…

나만 버림받고 나만 상처입고
나만 추억하는 따위들..
더는 가라앉고 싶지 않아.
나란 놈 그게 싫어!

상처받는 것도 지쳤고
기억 따위 불결해!

캣츠비..

빨고 할퀴고 버려버리겠어!
그것도 사람 짓이라면 못할 것도 없지!
모질게 독하게 남들처럼!

남잔 그게
그렇게 중요한가?..

뭐예요~??
그래서 잠만 잔 거죠?
별다른 거.. 없었죠?

섹스 말이죠?

...

순진한 수컷이네~
그래서 애프터는?

번호 줬으니까..
그쪽 맘이지 뭐.

남자 번호는?

내 번호만
손에 적어줬어.

...

손바닥 잘 펴봐요!
수성펜이니까 조심조심..

사 공 치일..

...

아직.. 어둑한데
혼자 갈 수 있어요?
바래다줘요?

...

...

C급이라 괜찮아요.

히죽

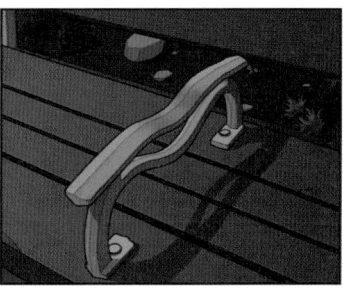

...

언니야~ 내 핸드폰을
왜 언니가 감시하는데?

감시 아니다!
니가 설거지 할 동안
주시, 주목하는 거다!

그니까~ 내가 선 본 남자를
왜 언니가 신경쓰냐고?

반드시 연락이 와야 한다.
엄니에게 내 알리바이를
설명하려면 끊겨선 안 돼.

그 남자가
만나는 상대는 너지만
나이기도 해.

언니.. 금방 나 오싹한 거 알아?
그러니까 언니 엄마를 속이기 위해서
내가 그 남자를 만나야 되는 거?

적당히.. 두어 번?

그 남자에게
연락이 안 오면?

… ..

손바닥에 쓴 거
이미 지워졌지.
촌스럽게..

왜?.. 번호 기억 안 나?

칠칠맞은 놈!

칠칠이 아니야.
사 공 치일..

모르겠다.. 모르겠어.

인연이 뭐냐~ 먹는 거냐~.

2-3

접속

결혼?

…

…

캣츠비와?

아니.

그럼, 나?

더이상 널 만나며 캣츠비를 만날 수 없어. 이건 고문이고 지옥이야!

그럼.. 나만 만나.

캣츠비를 사랑해.

결혼은 사랑하는 사람과 하는 거 아닌가?

…

어이!..

나 때문에 캣츠비를
떠나겠다는 거야?

네가 캣츠비를 떠나지 않아
내가 떠나는 거야!

너 때문에 망가졌어!
너 때문에 캣츠비가
상처입는 게 두려워!

그래?..

...

스윽

미안하다. 어쩌지?

나도 사랑이다.

…‥

무슨 생각을 그렇게 깊게 해?
숨도 안 쉬는 줄 알았다.

올 여름 습기는 어쩌나~
캣츠비는 직장 구해 내 근심의
뿌리를 뽑아내줄 것인가~
얼굴도 모르는 내 님은 어디서
어떤 수컷과 뒹굴고 있나~
..뭐 그런 생각.

빨래는 페르수가
잘 해줬는데..

모자란 놈!

… ..

유부녀 된 여자 애기 꺼내서 뭘 어쩌잔 거냐?
장마철 습기 옆에 피어난 곰팡이 같은 놈아!

신혼여행도 다녀왔겠다
싶어서..그냥 생각나서

페르수는 네 빨래만
해준 게 아니다! 곰팡아!

어?... 누구?

· · · ·

뭐야? 나 말고
또.. 뭐?

네.. 눅눅한 생활도 뽀송하게
세탁한 여자란 뜻이다!

고마웠다면 빨리 잊어!
쉰소리 내며 이름 들먹이지 말고
잊는 게 보답이다! 앙?!!

독하네..

그 인간 마이 독하네.
예의상 전화 한통
날려줄 수도 있겠구만!

전화 기다리는 우리가
더 독한 거 아닌가?

오긴 올 거다!
계속 기다려봐..

언냐~ 솔직히 언냐 땜에
기다리는 건데..
언냐는 무슨 직감으로
그런 장담을 하는 건데?

잤다며?

나 안 잤어!!

경우의 수는 열 가지.
사공칠 다음은 0부터 9. 하나씩
조합해 눌러봐. 그중 걸리겠지!

구차함의 끝이다..
꼭 이렇게 해서라도
만나야 돼?

어라? 이.. 생 양아치 봐라~
선 보자마자 살 섞은 여인에게
그것도 번호까지 남긴 여인에게
답전화 한번 없이 생깐다?

그..그런가?
니 말 듣고보면 그런데.
근데 내 맘이.

페르수 때문이냐?

아. 아냐! 아냐!
그런 이유!!..

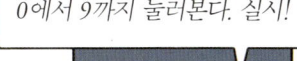

…

눈에 힘 빼라.
눈에서 칼 나오겠다..

뭡니까?.. 이게!!

뭐긴? 새 남자 만나는 거지.

여행 끝나고 서울 올라오면 홀가분해진다며?! 찝찝한 과거 정리하러 떠난 여행 맞다며?!

그래 그래 그러니 돌아왔지. 솔로니까 새 남자 만나도 되는 거고. 이 상황 문제 있다 보는 니가 문제 있는데?

기다린 나는 뭐냐고요?!! 호구야? 이참에 이름 바꿀까?

봄 이름 좋은데 오바는.. 내가 네게 하나만 묻자.

…

선이 널 좋아할 거라는 배짱은 어디서 나오니?

따르르르르르르

따르르르르르르르르르

받냐?

이 번호도 아닌가?
안 받는데?

통과! 다음은 6번!

사..공칠육.

포각

...

아직.. 안 버린 거야?

캣츠비..

2-4

화장

전화가 왔다.

세 번?

이미 한 번 만났으니
이제 두 번 남은 거지?

울 엄니 캐릭터 알잖니?
대충 둘러대긴 했지만
애프터조차 없이 끝냈다간
나와 그 총각은 엄니 손에
살아남지 못할 거야..

내가 그런 임무를..

아항~

물론, 니가
나 대신 선 보러 나간
사실까지 알려지면
너도 울 엄니에게..

시.. 심각한 임무다!

꿀꺽

...

말 좀 해봐.

목소리 듣고 알아보디?

응..

기다린 눈치야?
아님, 당황하는?

나야 모르지..

…

…

그렇게 안 땡기냐?

떠밀리는 거 같아
내키지는 않지.
한 번 만났을 뿐인데.

한 번 보고
한 번 자고
..끝?

하늘 좋고

바람 좋고

물도 좋고

여기저기 운동하는 사람도 좋고

이 남자도 반갑다.

와아~~ 10분 일찍 나왔는데 5분 일찍 나왔네요! 다시 보니 반갑죠?

잘.. 지냈어요?

이 남자..

에에이~ 반갑냐는 질문에 답이 그게 뭐예요?

수줍어한다.

아..네.

...

선아..
이왕 하는 거 밝게 밝게..
두 번만 더 버텨줘.

캣츠비..

너.. 물가에 내놓은 고양이 같다.

손을 얼마나 털어댈까.

이 남자 이상해.

첨부터 목소리가 자신 없었어.

보자 전화 해놓고
뭘 해야 할지.. 모르겠다구요?

혹시..

솔직히 첨이라서..
뭐라도 하죠?

가만!

그 친구는 지금
선과 섹스했다고
믿는 거 아냐..

…. ..

그도..
떠밀려 나온 사람처럼
의욕이 없다.

만약..

이 자리에 나 대신
커 언니가 있었다면
아마.. 이 남자는
진땀 흘릴 거야.

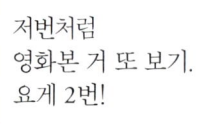

저번처럼
영화본 거 또 보기.
요게 2번!

그건 아니죠.

즐겨야지..
그런 표정 짓지 말아요.

하릴없이
흐늘흐늘 산책하기.
요게 3번!

4번은?

나와 당신은
어쩌다 만난 사이지만
이렇게 다시 만난 인연이죠.

두 번 이상 만날
인연 아니라도
최선을 다해요.

자.. 잠깐만.

..?

왜.. 땀 흘리는 게
찝찝하죠?

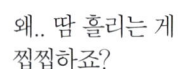

툭

…

섹스를 이미 했다고 믿는 수컷이
선을 무례하게 대할 확률이 높다.

선은 수컷의 반응을
다르게 해석할 수도 있고..

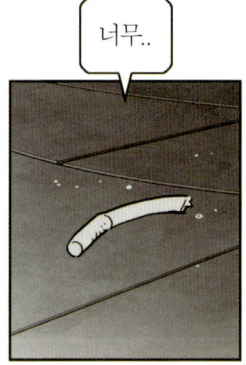

4번을 고른 남자..

갑자기 앞장선다.

길을 찾은 사람처럼..

솔직히.. 4번을
제안하실 줄은
몰랐습니다.

와아!~

?..

웃겨요! 웃겨!~

탁 탁 탁-탁

해태상인데 색을 입히니
다른 동물로 보여요!

...

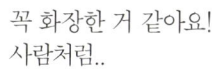

꼭 화장한 거 같아요!
사람처럼..

....?

...

이이이이이

뭐..죠?

누가 더 화장 잘 먹은 거 같아요?

이이이이이

화장.. 하신 겁니까?

…

말투가 원래 그래요?

즐거운 대화도 맥을 끊는다.

화장 안 한 사람이 어딨어요?
캣츠비 씨는 화장 안 했나요?

저..는 화장 안 합니다.

무뚝뚝 그 이상..

그럼, 제 눈에 보이는 캣츠비 씨는
실제 캣츠비 씨 맞나요?

갑자기 왜 정색하세요?

보기보다 심각하다.
이 남자.

…

이게 정색하는 화장이에요.

귀엽고..

네?..

그 해태상, 본인과 닮았어요!

...

우리.. 화장 그만해요.
이렇게 다시 만났잖아요.

…

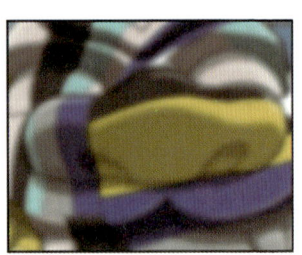

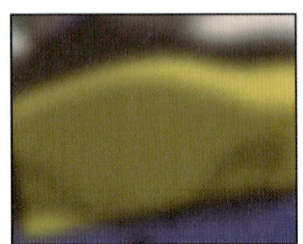

엄니. 지금 데이트 중이라
길게 통화 못 하는데.

…

남자가 화장실 간 사이
전화 받은 거라구!
엄니 소원대로 다시 만나
술렁술렁 데이트 잘하고 있다고!

끄으으으을!~

. . .

여기 들어오자마자 말이 없네요?
모텔이 맘에 안 들어요?

저..

뭔가 이상해.

4번이 운동인데..

다른 해석을 했나?

운동..

네. 4번..

...

2-5

이름

선 씨!

어.. 봄님! 어떻게 여기?

선 씨. 이러시면 안 됩니다! 연애는 저와 하셔야죠!

어떻게 여기 들어왔냐 묻잖아요..

기다린 건 나예요..
선 씨를 엉뚱한 놈에게
뺏길 수 없어!

이러지 마요..

스윽

혹시..

둘이 잤니?

…

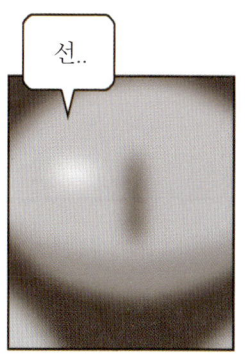

곤히 자길래 안 깨웠는데
악몽을 꿨구나?

표 오빠..

짐은 이게 다야.
살림은 대부분 넘겼거든.

짐이라뇨?
이게 다 뭐죠?

나.. 이혼했어.

네?

너 때문이야.

…

시안?

선.. 여전하네!

와아~ 서울 왔어요?
말도 없이..

...

척

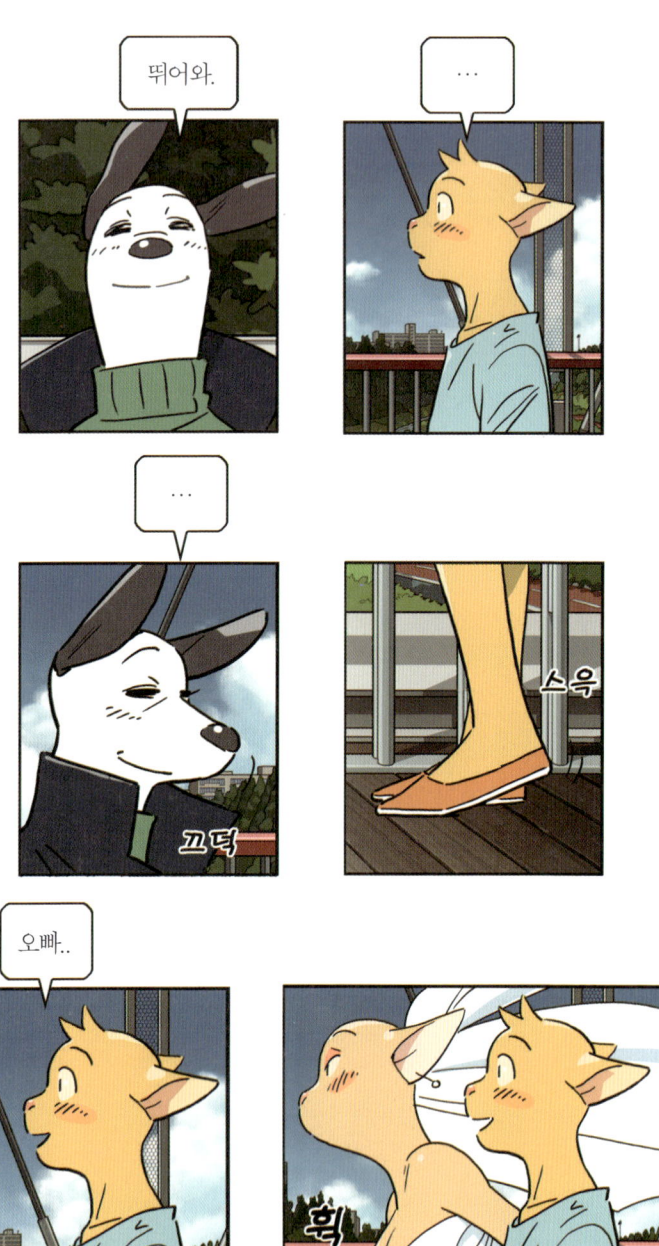

이뻐요.

둘이..

애 애 앵

꿈

...!

저.. 비켜줄래요? 무거워.

캣츠비.. 이 남자.

자.. 잠깐만요.

기억도 제멋대로.
행동도 제멋대로.

날 부끄러워하면서도
행동은 오랜 연인 대하듯.

괜찮은 사람일까?

아직..

내 이름도 모르면서.

척!

내가 뭘 하고 있는 거야?

커 언니 부탁인데..

이제 한 번만
더 만나면 끝인데.

감정이 실렸어..

감정.

울고 싶다.

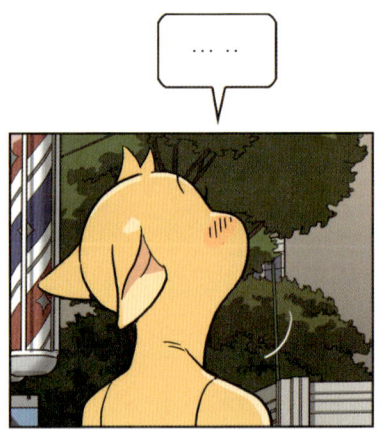

나는 어디에 서 있는 거야..

저.. 울어도 돼요?

말해봐요.

네?

2-6

못난 감정

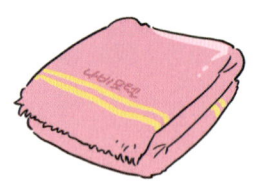

이건 뭐냐?

보면 모르냐?
모텔..타월.

알뜰한 새끼!
멀리도 갔다왔다.
여기가..

나 아냐! 선이 챙겼고
헤어질 때 놓고 갔어!

그 여자 이름이 선이냐?
이제 안 거야?

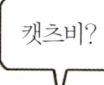

캣츠비?

이름부터 야리야리해..
데이트는 재밌디?

두 번 만났는데 뭘.
이제 한 번 남았고.

파닥
파닥

남은 거 없지?
생긴 거 없지?

뭐얼??

감정.

에에이~
두 번인데 무슨 감정?

너니까.

모르겠다..
더 만나야 할지.

내가 지금
무슨 짓을 하는 건지.
연애인지, 연애질인지..

연애질이 아니면
혼성이벤트냐?

꼬여도 단단히 꼬인 기분이야.
아버지의 결혼 압박도 지겨웠지만
페르수 빈자리 정도는
메워야겠다는 생각이었는데.

…

너답시 않게 시작했으니
너답지 않게 진행하는 거다.

나.. 다운 게 뭐였냐?

정말?.. 그만
만나도 되는 거지?
언니 엄마한테는?

엄니와 약속도 세 번이었어.
그 정도면 할 만큼 하는 거지.

언냐, 분명히 하자!
세 번 만나면
나도 언니에게
할 만큼 하는 거지?

나머진 니 맘.

내 맘?

착하냐?

선?

보자마자 모텔 갔다며?
그걸 웃으며 받아줘?

모든 게 얼떨떨해..
나나, 그 친구나.

그 선이란 여자도
선수는 아니란 얘기지?
얼떨떨 커플?

착해..바보처럼.

착해보이진 않아!

무뚝뚝하고~ 무례하고~
제멋대로 행동해!

베에~

결론은?

나를 좋아하는 건지
내가 여자라서
만나는 건지 모르겠어.

여행 다녀오고나서
떠나기 전보다
정리되지 않는 게 있어.

정리했잖아?
한 놈, 한 놈 제껴가며..

사랑이 있길 바랐고
사랑이 있었나
확인하는 여행이었잖아?

모르겠어..

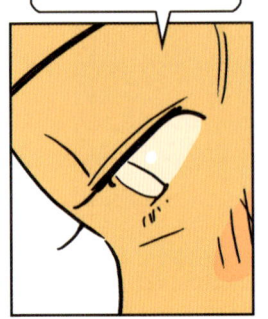

연애에.. 사랑이
꼭 필요한지.

...

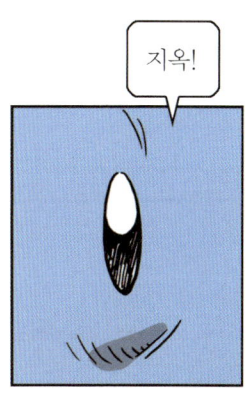

지옥!

연애는 지옥이다.

?..

나.. 과외 시작했잖냐?
따끈따끈한 지옥문을 연 거지.

그 부잣집 과외?

유부녀.

…

룩

모자라. 모자라..

. . .

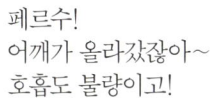
페르수!
어깨가 올라갔잖아~
호흡도 불량이고!

..!

집 넓네~ 넓어! 이 정도면
필드에 나갈 필요없겠는데?

너 미쳤니?! 여긴
어떻게 들어왔어?!!

선생한테 너라니..
호칭 곱게 뽑자.

여긴 내 집이야!
니가 함부로
들어올 곳이 아니야!!

워워~ 흥분하지 마라..
과외선생 자격으로
왔으니까.

네 남편도 알아. 아니,
허락받고 들어온 거지.
어학과외 필요하다며?

너.. 지금 무슨 짓을
하고 있는 줄 알아?

물론! 남편도 사는 곳인데
이런 표정은 곤란하잖아.
앞으로 잘해보자..

학생.

스윽

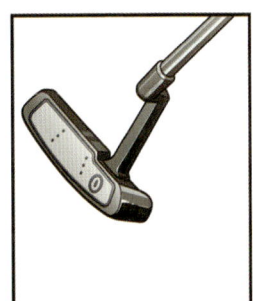

후우우～

혹시, 오늘도 타월 챙길 거예요?

에?.. 아.. 아니에요! 장난! 우리집 타월 많아요.

뜨끔

에?.. 그럼, 많은 타월? 많은 모텔?

캣츠비, 웃긴다아~ 나 배고파요!

와! 모텔에서 짜장면 시켜먹는 거 첨이에요.

가장 빨리 오는 음식이니까.. 빨리 먹어요.

간단히 배 채우고 저녁엔 근사한 데 가요.

!

스윽

수건이나 타월 따위는
이별의 표식이라고.

후릅

…

캣츠비.

진.. 짜군요? 선.

헤어지자는..

그거 알아요?
당신이 첨인 거.

…

꿀꺽

나무젓가락 잘라순 남자!

…

2-7

내 연애

젓가락?

허.. 이놈 봐라?

…

너, 그쪽과 겨우
두 번 데이트지?

'겨우'라고
붙이지 좀 마라!
만나긴 세 번째야..

캣츠비가 이렇게 단박에 여자에게 홀릭하는 것도 첨 보네~

니가 내 연애를 다 알아?

하긴..

뭐가 또 '하긴'이야?

페르수를 처음 딱 보자마자 정신줄 놓은 게 너니까.

지난 얘기 좀 그만하면 안 되냐? 언제적 일을..

확실하냐 묻잖아.

다그치지 마!
죄지은 사람 대하듯.

설레였냐고오오~

응?

…

홀쩍

…

발그래

얼렐레? 얼굴 봐라~
감기 때문 아니지?

무뚝뚝한데 친절한 게
보이더라. 몸에 배인
배려인지도..

겨우 젓가락?

집에 잘 도착했냐며
문자도 왔어.

겨우.. 문자?

재채기하니까 약국도 뛰어갔다 왔다고.

겨우.. 약국?

몰라! 말 안 할래!

내 감정은 맨날 이딴시 취급이야!

…

감기 빨리 나아라.

홀쩍

그래야 더 이쁘지.

뽀뽀?!!

키스.

유부녀 건들진 말라던 새끼가
앞뒤가 안 맞잖아?! 키스라니..

천만번 옳은 말이다.
임자있는 여인은 품으면 안 되지.
그래서.. 지옥이다.

니가 원하는 게 뭔데?
책임지지 못할 장난치다
부인 이혼시키고
가정 개박살 내는 게
뻔한 엔딩이잖아?

...

박살이면 됐지. 개박살은 뭐냐?

어이쿠~ 벌써 시간이..

...!

어이~ 페르수! 남편 올 시간이다.
배웅은 생략해도 돼!

배웅?

얼굴 부딪히면 좋을 건
없잖냐. 시간 봐서
적당히 치고 빠져야지.

남편에게 네 정체를
언제까지 숨길 수 있다고
생각해?

니가 입 안 열면?

원하는 게 뭐야?

여기까지 날 쫓는
이유가 뭐냐고?

귀 먹었니? 몇 번을 말해..
사랑! 온리 사랑!

집착이고 범죄야! 난 널 떠났어!
캣츠비까지 능욕하는 널
벗어나기 위해 결혼까지 했어!

그런데..

그런데 이게 뭐야?!
누구도 행복하지 않은
이 꼬락서니를 보라구!!

네게 몇 번을 더 말해야
인정받을까.. 사랑.

.. 사랑.

…·

…

…
알아.

내가 들어갈 방 하나
없다는 거 알아.

…. ..

그래서.. 이렇게라도
하는 거야. 못나게

…

이렇게라도..

이렇게..

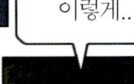

불 줘봐.

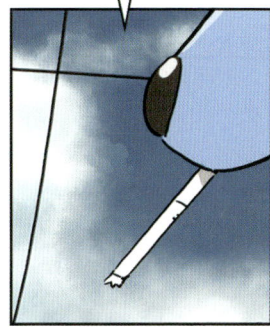

그래서 키스?
그 몽 부인이라는..
여자는 가만히 있어?

따귀 맞았지.

당연히 그 정도는!
제정신 아니고는..

나도 때렸다.

왜?

...

여긴 내 집이야!
다신 내 몸에
함부로 손 대지 마!

키스 한 번, 따귀 한 번.
결혼하고 셈이 확실해졌네?

남편에게 말하겠어!
너 따위 짜르라고!

그래? 과외선생이
맘에 안 든다고? 아님,
결혼 전 숨겨둔 남자였다고?

협박하지 마!

협박이 아닌 조언이다.

둘 중 하나를
고르라는 조언.

언니 다녀올게~!!

선아! 잊지 않았지?

오늘이 세 번째 데이트야.
공식적인 마지막 데이트!

아!... 그렇지?

내 부탁을 들어주는 건
오늘이 쫑!
맘의 결정은 했니?

결정.. 이라면?

내 눈치보며 더 만날
배경은 사라지는 거야.
이젠 니 맘.

더 만나든 쫑내든!

내 맘인데 왜 물어봐?
내 연애 관심 좀 끄시죠~

...

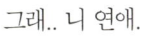

그래.. 니 연애.

이제 내 연애야!

2-8

해와 달

캣츠비!

데이트 가는 거?

어..

그래도 데이트인데 꼬락서니 봐라~ 내 옷이라도 입고 갈래?

그러니까.. 너는 옷 잘 입는 줄 아는 거지? 니나 나나..

…

어차피 사이즈도 안 맞는다고!

이제 제법 어울린다?

또.. 뭐?

데이트 나가는 표정.

그런가?..

그 여자 좋냐?
진짜 좋냐?

...

그럼, 넥타이는 버리지?

뭔~ 보물이라고!
빨고 말리고
빨고 말리고..

...

페르수가 준 넥타이
버리지 못하면
새로 시작한 게 아니다.

...

힘들면 내가 버려주랴?

아니..

아직.

너 요즘..
얼굴이 말이 아니다.

꼭 시련당한 아이처럼..

빙고.

응?

시련. 빙고!~

그 선인가 머시긴가 하는
여자 때문이구나?

정답 맞췄으니
술값 계산할까?
상품권 한 장 줘요?

맞을래?

삼촌.

술이나 먹자.
짝이 아닌가 보지.

나 죽을 것 같아.

…

월급 올려줘?

삼촌은 커 선배 심장이
아플 만큼 좋아해?

그냥.. 많이 생각나는?

난 아퍼!

심장도, 배도 아프고 머리도 아퍼.. 숨도 제대로 쉬어지지 않아.

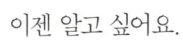

쫑 냈다구요!

엄니 약속대로
세 번 버텨봤는데
뭐 맞는 게 있어야지!

성격도 키도 얼굴도 피부도
말투도 지갑도 깡그리 안 맞아!
됐어요?

… ..
… ..
.. …

약속은 약속! 사랑하는 엄니 딸은 할 만큼 했수다! 여기서 끝!

…

꾹

툭

봤지?

대충 알겠는데..
그럼 그동안 선 씨는
커 선배를 도와줬던?

니가 징징대길래
숨김 없이 말해주는 거다.
대신, 더는 없어.

그.. 그럼! 내가
그동안 선 씨를
오해한 거?

오해는 아니지. 오늘부터
진짜 연애는 시작했으니까.
요게 팩트!

뭐가 뭔지 모르겠어..
진짜 아니라며?
커 선배 부탁이라며?

그동안은 떠밀려 간 자전거였다면
지금은 제 발 굴려 움직이는 자전거.
이제 내 부탁도 아닌 본인 의지!

뭐야!.. 이게 다
커 선배 때문이었잖아!

커 선배 아니었다면
선 씨는 스스로 시작도
하지 않았을 연애잖아!

.. 그래서?

내가 선 씨를 기다리는 거
뻔히 알면서 그런 부탁을
할 순 없는 거잖아!

너한테 사과해야 해?

커 선배의 일에
왜 선 씨를 끼워넣었냐고!
이건 억지였어!!

너에겐.. 내 사과보다
현실 인식이 필요하지 않을까?

하운두?

응. 형제 같은 친구, 룸메이트.

와~ 얘기만 들어도 얼굴이 그려져요! 키 크고, 눈 크고, 손 크고!

눈은 작지..
가끔 그 속을
알 수 없을 정도.

궁금해~ 궁금해~
다음에 꼭 같이
한 번 봐요! 하운두!

그래. 학원강사 때려치우고
쉬는 중이라 주로 집에 있어.
우리 동네 갈 때..

캣츠비가 좋아하고
믿는 친구라면..
나도 좋아할게요.

선의 눈에 어떻게 보일지
궁금하긴 하다. 한 번도
여자친구 소개시켜준 적
없는 놈인데.

잉? 지금도 없어요?

몰라. 있는데 없다는 건지,
보여주기 싫어 피하는 건지..

에이~ 캣츠비가 어때서요?
혹시 비교될까봐?

아!

쿡 쿡

있다!

덥다.

선..

선..

선..

시원해!

밤이 되니 좀 살 것 같다!
앞으론 밤에만
만나는 게 어때요?

여름 끝물인데..

농담! 농담!
여기서 돌아가요.
거의 다 왔어.

골목 어두운데
더 바래다줄게요.

아뇨. 충분해요.
눈 감고도 가는 길.

…

오늘도 즐거웠어요.
친절한 캣츠비!

응. 나도 즐거웠어.
아름다운 선!

뭐야?

쉿~ 가만 있어봐요.

뭐야? 갑자기..

…

선..

이렇게 뛰는구나!
캣츠비 심장은..

두리번

자꾸 미루는 게 많아지면
캣츠비가 말하는 나중에는
너무 많은 나중에가 모여
터져버리고 말 거야.

우리는.. 우리가
지금 할 수 있는 걸
항상 하기로 해요.

선..

나중은, 나중이 책임져요.

2-9

연애의 끝

쑤~

쑤~

…

정말이지? 정말? 큭큭..

선아~ 너
약 먹을 시간이니?

언니야~ 나 어때?

어어어~

1번 귀엽다!
2번 섹시하다!
3번 아름답다!

4번!

에?.. 4번이라닛!

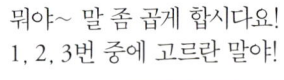

4번. 엉성하다.

뭐야~ 말 좀 곱게 합시다요!
1, 2, 3번 중에 고르란 말야!

너처럼 허술하고 엉성한 영장류는 처음본다. 게다가 암컷..

난 아름다운 선이라구~!

그 캣츠빈가 뭔가 하는 수컷이 그러디?

이쁘다보다 좋아! 내가 아름답대~ 아름답다~ 선!

으르릉

니가 섹시하지 않아 돌려 말한 게 아닐까?

캣츠비는 친절해.

선은 지켜라..

선아. 묻자..
연애의 끝이 뭐니?

시작하는 사람에게
끝을 묻는 게 어딨냐?

연애의 끝은.

쭙

쭈우웁‥

뽁

…

과일향보다
이마 향이 좋군요!

…

오독

그.. 유부녀와 치고 받았단 건 뭐야?

다음 날.

실수?

어제.. 일은 잊어주세요. 운두 선생님.

실수라면 제가 했죠. 있던 일을 어떻게 없던 일로 합니까?

돈을 드리겠어요..

이게 뭐죠?

6개월치 미리 드리는 거예요.
우리 과외는 여기까지
했음 좋겠어요.

꺼지라는 겁니까?

수업이 제대로
진행될 리 없잖아요!
불편해요.. 선생님과
필요없는 감정 생기는 것도.

몽 부인.. 불필요한
감정이란 게 있습니까?

좋아하지 말아야 할
상대란 게 있습니까?

나는 내 마음의 주인을
당신에게 뺏겼습니다.

내가 당신에게 들어갔고
출구를 못 찾는 겁니다.

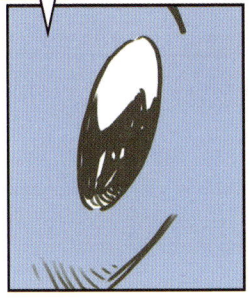

내가 그렇게
못된 놈입니까?

감정 제대로 실린
뺨을 맞았다.

딱

.. 날?

솔직히 말하면 나가줄게.

내가 좋다고 말해.

.. 그. 그래서?

금새 눈이 촉촉해지더니 울며불며 키스, 키스..

운두야! 너...,
막 나가는 거 아니냐?
이젠 손찌검까지?

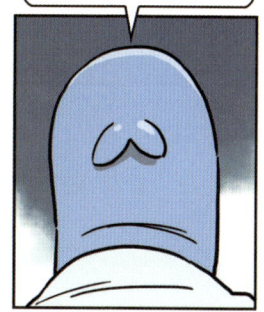

먼저 맞은 건 나야.

언젠가 꼬리 밟히는 날엔
어쩔건데? 한집에 살며
남편 눈을 피해갈 순 없잖아?

…

어차피 끝은 몰라.

어차피 끝은 몰라?..

대책없는 놈이야.
똥인지 된장인지 먹어봐야 아는 놈!
유부녀에게 수작이라니..

그래도 감정을 숨기진 않았네.
그게 운두 씨의 매력 아닐까?
그 여자에게도 그게 통했을걸?

어떤 이유라도 손찌검은 치졸한 짓이야.
그 따위가 무슨 애정 확인이라구?!

아 ..

또 왜?

캣츠비는 연애의 끝이
뭐라 생각해요?

연애의 끝?

서로 좋아
연애하다 그 끝은..

겨.. 결혼?

그럼, 캣츠비는 그동안
좋아했던 사람과
연애하지 않았나봐?

계속 무슨 말인지..

서로 좋아 연애해도
결혼은 다른 사람과 했으니
캣츠비가 아직 솔로겠죠.

...

연애의 끝이 결혼이면,
결혼하지 못한 연애는
실패한 연애인 건가? 그래요?

아! 웃지 마~

쿡 쿡 쿡

커 언니가 그런 애길 했어요.
연애의 끝은 이별이라고..

…

그래서 과정이 중요하다.
과정을 즐기라고.

과정.

그..래. 과정.

우리도
하운두 놀이 할까요?

엉??

어때요?
우리도 때리고 맞고
울며불며 키스..

…

과정.

2-10

버리지 못한

캣츠비는 사랑을 믿어요?

...

응?

믿었지.

난 믿는데.. 커 언니가
사랑은 산타 같은 거래.
믿는 사람만 믿는..

누구나 잠깐
믿은 적 있는..

응?

바보 같아.. 선은.

바보가 어때서? 응?

...

난 실연 당했어.

그래 보였어요..

7년을 사귄 여자가 있었는데
얼마 전에 결혼했지.

죽을 것 같았어..
내가 뭘 잘못했나.
내가 부족했던 게 뭐였나를
생각하며 죽어가고 있었어.

그리고.. 이렇게
선을 만나고 있어.

에이~ 죽지 않았으면 된 거네! 나도 만나고! 응?

친구가 얘기했어. 난 실연을 극복할 DNA가 없다고. 그래서 실연을 겪으면 몸이 망가지고 맘이 조각난대..

하운두?

날 제일 잘 안다는 녀석이 해준 조언이니 맞겠지.

넌, 사랑하지 마.

뭐?..

넌 사랑하지 말라고.
그것이 있든 없든.

운두야. 이게..
무슨 개소리냐?

너란 놈을 지켜보니
실연을 견디는 항체가 없어.
실연항원 한 방에 몸이
잠식돼 쓰러지고 말 거다.

저주를 해라! 저주를!

니가 살려면 사랑 따위
하지 마라 충고한다.
믿지도 말고 품지도 마.

…

사랑 없이도 연애는 가능해.
사랑에 붙은 고통까지
감내할 필요는 없다.

운두야. 부탁인데
개소리 작작 해줄래?

…

멍.

…

..?

아이고 배야!
우리 커 언니가
운두 씨를 만나면
되게 웃기겠다~

웃겨?

사랑을 믿느니 차라리
산타를 믿겠다는 커 언니와
사랑 없이 연애하라는 하운두!
둘이 묘하게 닮지 않았어요?

그러게.. 강하거나
지친 사람들이겠지.

캣츠비. 그래서
사랑 포기한 거예요?
다신 사랑 안 해?

하면 죽겠지.
하운두 말처럼..

죽더라도 사랑할
사람이 생기면?

안 되겠다!

..?

벌떡

…

자.

뭐.. 야?

하운두 놀이.

아. 정말 왜 이래?
뺨 때리는 게 무슨 놀이라고.

놀이 아니죠! 나도 알아..

답답해서 이런다!
답답해서..

.. 뭐?

선을 넘지 않는 캣츠비가.
갇혀 숨 죽이는 캣츠비가.

항상 조심하잖아.
상처 줄까봐.
상처 입을까봐.

..그게 나빠?

나쁘지 않은 게
좋은 건 아니야.

이러지 말자.
지금 이대로의
선과 나도 좋아..

장난이래도. 그 장난이
심해보이는 장난이래도
우린 왜 못 하죠?

… ..

보고 먹고 안고 수다 떨고
바래다주는 생활? 그런 연애?

다들 같아.

사랑해요?

응?

안 한다며? 포기한다며?
그럼.. 이게 뭐죠?

…

얼굴 들어봐요.

…

…

…

장난이 심하지 않아?

장난은 시작도
안 했는데 뭘~

우린 이런 거 안 어울려!
다신 이런 장난..

와아.. 내 손이 아프잖아?
캣츠비는 안 아프죠?

… ..

그만하라구!
이런 거 취미 없어!

이젠 캣츠비 차례.

. . .

때릴 때까지 이러구 있을 거야!

...

...

잔뜩 힘 줬는데 안 때리고 뭐해요?

안 되는 걸 강요하지 마.. 나는 할 수 있는 게 없어.

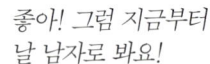
좋아! 그럼 지금부터
날 남자로 봐요!

그렇게 봐도
때릴 권리 없어.
누구도..

자! 나는 남자다!
캣츠비는 이미 맞았고!

우린 그럴 권리 있어요!
때릴 수도 있고!
맞을 수도 있어!

선..

선에게 분명히 말해두는데
우린 그럴 자격 없어!

...

잘 생각해봐.. 우린.

자격?

그래. 우리는
서로를 함부로..

짝

자격?

…

자격?

짝

당신이 사랑을 포기해도
사랑할 자격을 말하진 말아요.
우리 사이가 뭐 어때서?
우리 사인.. 서로 털끝 하나
상처 입히지 못하는 사이란 거예요?

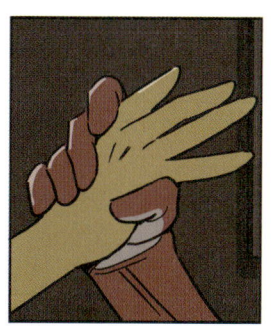

...

.. 선.

살살.. 응?

타

타

타

타

타

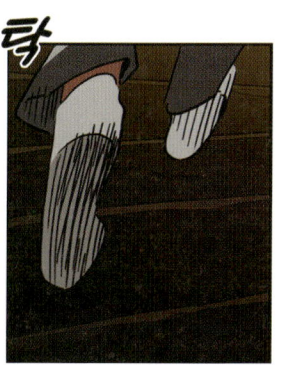

이이.. 바보 같은 놈!..

하아

하아 하아

하아
하아
하아

… … ..

하아 하아
하아

선.. ..

약 사왔어요?
고생했네..

선.. 오래 기다렸죠?
상처는..

조금 찢어진 것뿐인데.
놀라지 마요.
이 시간에 문 연
약국이 있었나보네?

피 멈췄으면
연고부터 발라요.. 네?

지금 우는 거예요?
내가 미안하잖어.
울지 말지..

하운두는 잘만 하는데
나는 이 모양이야.
끝내지도 못하고.

아직 남았잖아요.
하운두처럼 말해봐.
뭐였더라?..

.. 내가 좋으면
좋다고 말해줘.

아! 맞다! 근데
너무 똑같이는 말고
캣츠비답게 말해봐요.
우린 우리 경우니까.

선..

너라면.. 내가
사랑을 버리지 않아도
살 수 있을 것 같아.

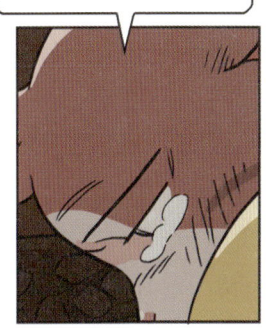

에이~ 사랑하면 죽는다는 사람이. 그래요?

아니.. 너라면 죽지 않아. 널 사랑해도 죽지 않아..

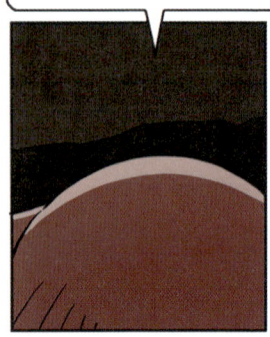

와!~ 그럼 사랑 버리지 않는 거예요?

너.. 라면.

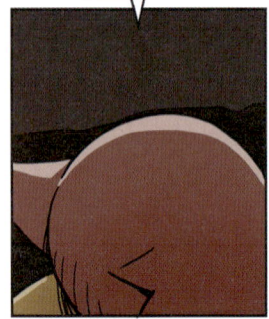

선이라면..
사랑을 버리지 않아도
내가 살 수 있을 것 같아.

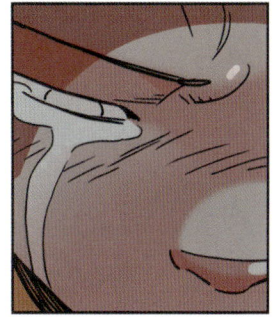

그래..

버리지 마..

2-11

가을밤

사랑?

응. 내가
먼저 물어봤어.

…

사랑을 믿지만
포기한단 말에..

그게 지난 여행에서
얻은 지혜니? 먼저
챙기고 시작하는 거?

<u>호 호 호 호 호</u>

....?

언니가 무슨 말을 해도
이젠 흔들리지 않아.

좋아하는 사람이 생겼고
예전처럼 소극적인 시간을
보내진 않을 테니까. 응!

나야.. 니가 좋다면야 축하한다만, 그 친구 믿을 만한 수컷이냐?

믿다니?..

헤어진 지 얼마 안 된 수컷이라며? 혹시 정리되지 않은 상태라면..

언니.

믿고 안 믿고로 서로 부담되기 싫어. 속이려면 속아주고 믿음 주면 믿어주고.

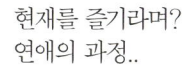

야아아아아~

취한 건 너야 임마!
똑바로 걷지도
못하는 놈이..

캣츠비이이이이이~
너! 취했어어어~

넘어져도 모른다!
눈 뜨고 걸어!

너야말로 똑바로 서 있어!
건들거리지 말란 말이다아~

니가아아 취하긴
진짜 취했구나아~!

...

...

후우우우우웁..

몽부이이이이인~!!

주접을 싸라..

내사라아아아앙~
우리 몽부이이인~
불러줘어어어어엉

웩 !

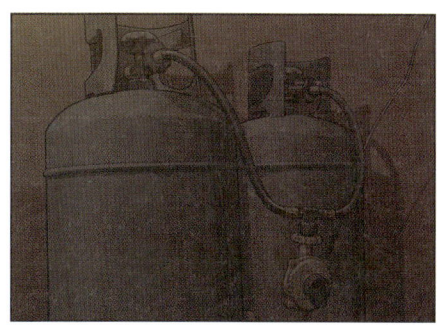

웨엑~

형님 버리고
증발하기냐아아~?

강호의 도가~ 중원의 의리가~
이리 떨어져서야!

앙!~

…

폐.. 르수!

왜..

...

왜.. 서로 끊지 못하는 거냐.

여자가 있어!

너보다 밝고 귀엽고
너보다 친절한 여자야!
나 같은 놈이 감당하기엔 벅찬!

…

그래.. 사랑을 경험했어!

니가 선택한 결혼만큼
내 사랑도 내버려줘!
기웃거리지 말고 관심도 끊어!

…

예의를 안다면 도와줘!
그게 순서야! 친구라는
호칭을 원한다면!

나도..

나도 사랑해줘.

지이이잉

지이이잉

지이잉~

언니야..

지이이잉

언니야~ 벨 울린다!

지이잉~

...

지이이잉~

턱

언니가 나갔나?..

지이이잉~

열쇠도 안 갖고
어딜 갔다온 거야?

지이잉~

...!

캣츠비이이..

캣츠비이이이..

이 자식 금세 사라졌어!

캣츠비이이이!~~

캣츠비이이이~ 임마아아아!~

휘유우우~

텱

잘 하는 짓이다! 엉뚱한
창문이나 박살내고..

들어가자! 업혀.
날이 쌀쌀해.

…

잠든 거야? 앙?

도매시장까지 가서
사왔습니다.

봄 씨..

...

뭐예요? 밤이 깊었는데 무슨 일로..

할 말 있습니다.

… ..

사랑합니다!

여긴 오랜만에 올라와본다.
바로.. 머리 위 지붕인데.

페르수 얼굴..
다시 보니 좋았냐?

...

진짜 잠든 거야?

그래. 자.. 나도
속말 좀 해보자.

좀전에 너와 헤어진
페르수 쫓아갔어.. 다신
네 앞에 나타나지 말라고.
그 말 하려고.

…

피식

맞았다.. 페르수에게
엄청 맞았지.

너를 때리고 싶은 만큼,
자신이 맞고 싶은 만큼,
날 때리는 페르수를 이해해.
그래서.. 맞았다.

난.. 맞기 위해 페르수를 만나나봐.

만나는 대가로. 만나는 죄로.

...

이렇게 몸이 아프면
마음이라도 편해야 하는데
그렇지가 않네..

마음은 더 아프다.

너도 아프냐?

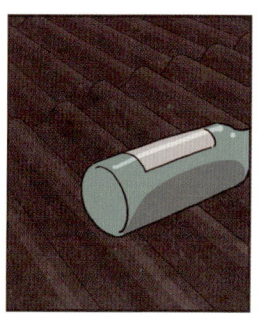

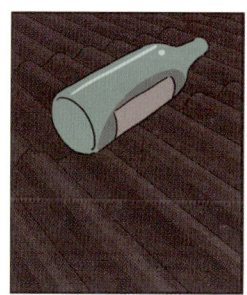

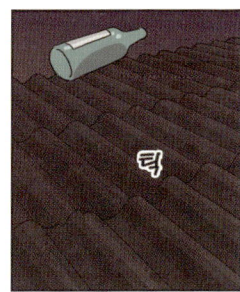

야.

네 고통은 알지만
내 고통은 모르잖냐..

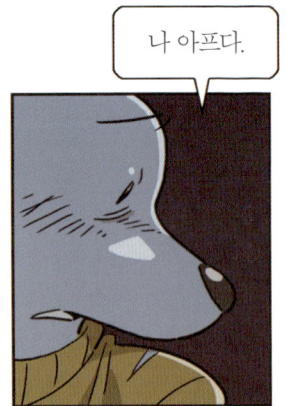

나 아프다.

2-12

새싹

봄 님..

이젠 말할 수 있어요.
저는 선 씨를 사랑합니다.

...

저는..

질문하실 때 바로
답을 했어야 했는데
생각이 많았어요.

선 씨를 좋아하는 건 맞는데
제 감정이 사랑인지를
스스로 분명히 해야 했어요.

봄 님..

이제는 말할 수 있습니다.
제 감정, 제 확신을..

저는.. 선 씨를
사랑합니다.

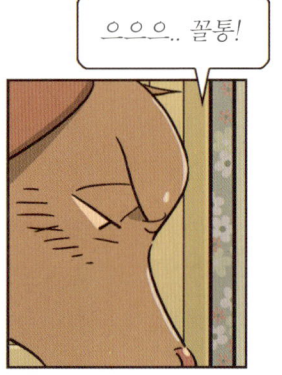

으으으.. 꼴통!

그렇게 우려했던 일을
기어코 냈구나!~

한참을 얘기하다 갔어.

알아먹게 얘길 해줘도
그 모양 그 꼴이니
뇌가 장식인 놈이지!

언니 그런 말은 심하다..

순순히 가?
다신 안 온대?

엇갈렸다고 말했어.

봄 님의 마음은 충분히 알았지만
우린 시간과 감정이 엇갈렸다고..

...

페르수 번호가 없어..
내 핸드폰에 저장된 이름도.

내가 지웠다.

…

네 애인 선이라며?

니가 왜?..

현재 연애에 충실하라는
형님의 배려.

와~ 아무리 절친이지만
그렇게 막 지워도 되나?

내가 한 말이 있으니
운두도 당당한 거겠지..

친구가 아니라 형이네 형~
아니다! 형도
그렇게는 안 할걸?

운두는 형 이상이지.
먹여주고 입혀주고
짤라주고 이어주고..

엄마네~ 엄마~
나도 운두 씨 보고 싶다.
더 궁금해졌어!

운두 얘기 해줄까?
어떻게 만나 살게 됐는지.

대학교부터 친구라며?

설명이 그리
간단치가 않아.
운두는 처음에..

엇갈렸네~

응?

원래 운두 씨가 먼저
사귄 여자였다며요?
그 여자..

아니. 내가 용기가 없어
선수를 놓친 거지.

인정합니다..

그땐 용기가 없었습니다.

그땐..

?

용기..

이런 얘기 괜찮아?
신경쓰이면 관둘게.

뭐가.. 신경?

지난 여자 이야기..
거북하면 말해.

지난 사람인데 뭐~
캣츠비를 알고 싶은데
지난 사람 얘기 빼면
뭐 있나?

나.. 바보 같지?

지난 얘기 편하게 하는 캣츠비가
내가 원하는 캣츠비네 뭐~
물어봐도 머뭇거리면 내가 불편해.

남은 게 있음 말 못 해.

그런가?..

얼굴 봐~
지난 얘기 하면서 웃잖아.
그럼 된 거지..

선이 편하면 나도.

그쪽은 결혼도 했고,
캣츠비는 나 같은 귀염 터지는
애인도 생겼고, 친구 하운두는
딴 생각 못하게 번호까지
지워주시고 척척척~

그..러네? 척척 정리되고,
출발하고, 도와주고.

더 남은 거 없죠?

힘들면..
내가 버려주랴?

아니..

...

있음 말해요.
아직 정리 못한 거.

별 건 아닌데.. 넥타이가 있어.
마지막 선물로 받은.

그게 아직 있어요?
무슨 기념품도 아니고..

별 거.. 아니라서
안 버린 거야.

핑계.

…

그것마저 버리면
남은 게 없을까봐
못 버리는 건 아니고?

응?

내가 채울게.

…

속옷, 양말, 머리부터 발끝까지 다 비워놔. 내가 전부 채울게!

…

늦네..

많이 늦네.

...

몇 정거장 되지도 않는데
배차간격도 엉망이고..

에이~ 겨우
5분 기다려놓고.

오겠지 뭐.. 마을버스도
달동네가 숨이 차나봐.

버스가 숨차면
푸학!푸학!학학!..
이렇게?

···

꽤 됐어. 그거 죽은 나무야.

응? 새싹이 보이는데?

가을에 무슨..
그 나무 잘라내기도
뭐해서 방치된 거야.
쓰레기만 쌓이고.

아닌데.. 싹인데?

선 말대로 싹이라도 소용없어.
동네 자체가 철거 운명이니까.

내 얘기도 들어줄래요?

난 사람이 좋아지면
그 사람이 사는 동네도
좋아져요. 몰랐지?

여긴 달동네야..
철거 예정지.

그럼 더 눈에 넣어둬야지.
캣츠비와 함께한 골목,
담벼락, 언덕..

포크레인이 파내고 덮겠지.
철거되고 프로방스라는 이름의
아파트가 들어서면 추억도..

그런 걱정 말고
우리 추억 열심히
만들어요!

어떤?..

쪽

하나!

…

우리 방금 버스정류장에서
뽀뽀 했어! 추억 하나!

선..

쪽

추억 둘! 캣츠비와
선은 정류장에서
두 번 했어! 뽀뽀!

응.. 둘.

쪽　쪽
쪽　쪽
쪽

...

여기가 프로방스?

우리가 있는 곳.

?

와우.

아름다운 선 2

초판 1쇄 발행 2013년 10월 25일 **초판 1쇄 인쇄** 2013년 11월 1일

지은이 강도하 **펴낸이** 연준혁

멀티콘텐츠사업분사 분사장 정은선
출판기획 오유미 배윤영
콘텐츠비즈니스 이화진
디지털콘텐츠 전효원
이러닝기획 김수명 송미진
디자인 하은혜
제작 이재승

펴낸곳 (주)위즈덤하우스 **출판등록** 2000년 5월 23일 제13-1071호
주소 (410-380) 경기도 고양시 일산동구 장항동 846번지 센트럴프라자 6층
전화 031)936-4000 **팩스** 031)903-3893 **홈페이지** www.wisdomhouse.co.kr
종이 월드페이퍼 **인쇄·제본** (주)현문 **후가공** 이지앤비

값 14,800원 ISBN 978-89-5913-766-4 17810
             978-89-5913-749-7 [SET]